अपरिचित उजाले

मैं तुम्हारे फ़्लैट के दरवाज़े पर
नेमप्लेट-सी जड़ी रही
हमेशा, हमेशा तुम्हारे साथ
दिन, वर्ष और मास...

अपरिचित उजाले

प्रभा खेतान

वाणी प्रकाशन

वाणी प्रकाशन

4695, 21-ए, दरियागंज, नयी दिल्ली 110 002

फ़ोन : +91 11 23273167 फ़ैक्स : +91 11 23275710

शाखाएँ

अशोक राजपथ, पटना 800 004, बिहार

कॉफ़ी हाउस कैम्पस, महात्मा गांधी मार्ग, इलाहाबाद 211 001, उत्तर प्रदेश

महात्मा गांधी अन्तरराष्ट्रीय हिन्दी विश्वविद्यालय, वर्धा 442 001, महाराष्ट्र

सुल्तानिया रोड, मोतिया पार्क, भोपाल 462 001, मध्य प्रदेश

www.vaniprakashan.com
marketing@vaniprakashan.in
sales@vaniprakashan.in

APARICHIT UJALE
by Prabha Khetan

ISBN : 978-93-89563-88-7
Poetry Collection

प्रथम संस्करण 2020

मूल्य : ₹ 199

सिटी प्रेस, दिल्ली-110 095 में मुद्रित

वाणी प्रकाशन का लोगो मक़बूल फ़िदा हुसेन की कूची से

पूज्य बाबूजी को

जिन्होंने मुझे आकाश-सा विस्तृत जीवन दिया

कविता
मेरी ज़रूरत है

कविता लिखना कितना सहज हो जाये यदि हम उसे केवल एक माध्यम मानें—मन के भावों को प्रकट करने का। जैसे हम आनन्द में सहज नाच लेते हैं, गा लेते हैं, वैसे ही कभी-कभी सहज-सरल कविताएँ भी लिखी जाती हैं। साहित्य के किसी भी वाद या नारेबाज़ी से मेरा सम्पर्क नहीं है, न ही मैं साहित्य के प्रति प्रतिबद्ध हूँ। कविता मेरी ज़रूरत है, एक रिलीज़, मेरे व्यक्तित्व की एक अभिव्यक्ति। इसके प्रकाशन के पीछे मेरी केवल एक यही इच्छा है कि मैं उन सबके साथ जो मेरी ही तरह साधारण हैं, कुछ अपनी बातें कर सकूँ। मैं किसी भी पीढ़ी से सम्बन्धित नहीं। एक व्यक्ति की हैसियत से, उसकी अपनी भावनात्मक ज़रूरतों के हिसाब से लिखी गयी ये कविताएँ, उन सबके लिए हैं जो एक तरह से असाहित्यिक हैं, जो साहित्य की दुनिया में भय से क़दम नहीं रखते, पर जो जीवन के प्रति कवि-दृष्टि रखते हैं और कविता से कभी-कभी संवाद भी कर लेते हैं। वैसे ही साधारण और असाहित्यिक लोग मेरे साथ रहे हैं, उसी खेमे को ये कविताएँ समर्पित हैं।

—प्रभा खेतान

अनुक्रम

मेरे और तुम्हारे बीच	13
तुम जानते हो	15
मिलने को बढ़े हुए हाथ	17
बन्द कमरे में	18
संख्याओं के बीच भी	20
तुम्हारे ओंठों पर	21
कभी मेरे पास	22
वह प्यार	23
प्यार की तलाश में	24
ये लोग कौन हैं	25
बहुत मुश्किल है	26
बस-स्टॉप पर	27
आख़िर कब तक लटकी रहूँ	28
कभी-कभी ही तो हम	29
दीवार पर चढ़ती हुई छिपकली	30
मैं प्रतीक्षा कर रही	31
तुम चाहते हो	32

अब बची नहीं 33
आसपास के कुछ लोग 35
मौसम बहुत उदास है 36
चिड़िया ने अपनी चोंच गड़ा दी है 37
वे लोग । बड़ी दूर तक 38
लम्बी यात्रा के बाद 39
बन्धु सुनो! 40
खुले आकाश के 41
पतझड़ 42
वह आदमी मर गया 43
जाड़े की धुआँ होती शाम 44
मछली लहरों से कहती है 45
तुम मुझसे प्यार करते हो 46
एक पीला फूल खिला था—गमले में 47
कुछ शब्दों को उधार ले 48
घर से जाते हुए स्कूल 49
बारिश की धार 50
मन करता है 51
आलू ज़मीन के नीचे क्यों होते हैं? 52
वह पहाड़ से नीचे 53
माँ-बेटी खुश हैं... 54
अजन्मे बसन्त की प्रतीक्षा में पेड़ 55
एक शान्त सूर्यास्त की 56
गुलाबी सुबह को उसने 57

मिले हुए दर्दों की	58
एक दर्द जो साँप की तरह	59
इस अँधेरे शहर में	60
परिचित उजाले के बाहर	61
एक ख़ुशनुमा दिन	62
माँ, जब भी बैठी तुम्हारे पास	63
कॉफ़ी हाउस का कोना	64
एक बेचैनी लगातार	65
नदी बहुत दूर तक	66
बन्द मुट्ठी से बालू फिसलते हुए	67
सब कुछ बीत गया	68
ओ मेरी बाँहों के घेरे में	69
प्रतीक्षा कितनी बेमानी है	70
मुझे मिली जो आवाज़	71
गयी हुई लहरें	72
चुप रह	73
कैसा अजीब यह अकेलापन	74
प्यार को सीढ़ियों की तरह	75
अब बची नहीं	76
पलक झपकते ही	77
जब राह ने	78
उगते	79
रेत की सूखी नदी	80

○

मेरे और तुम्हारे बीच
अब वह नहीं रहा
जिसे हम आज तक
प्यार समझे जिये।
प्यार तुम्हारी एक आदत
महज़ जीने की सुविधा
ठीक जैसे, मेज़, कुर्सी
या अपनी क़लम।
या फिर आलमारी में टँगी हुई
कोई पुरानी टाई
जिसे तुम ग़ौर से...देखते हो देर तक
मैं वही हूँ।

सम्पूर्णता तुम्हारी
कोई समस्या नहीं
तुम हर चीज़ को टुकड़ों में बाँट कर
एक सतही समूचेपन में
आत्मतुष्ट हो–

पर बन्धु! मैं इस मन का क्या करूँ?
जो सदा प्रतीक्षा करता है
उस ऐसे ख़ास विस्फोट की
जो पूरी की पूरी बात

संगीत में उभार दे
तुम्हारी लम्बी बहसों के बीच
अक्सर पाती हूँ
भीतर की लड़की
विक्टोरिया घूमने चली गयी है।

❍

तुम जानते हो
मैंने तुम्हें प्यार किया है
साहस और निडरता से
मैं उन सबके सामने खड़ी हूँ
जिनकी आँखें
हमारे सम्बन्धों पर प्रश्नवाचक मक्खियों की तरह मँडराती हैं।

मैं उन सभी लोगों की घृणा से
टकरायी हूँ—जो अपनी व्यवस्था में
अत्यन्त निर्मम थे
जिन्होंने मेरे
उल्लसित मन को
काँच की किरचों जैसा
पीस डाला था
जो परम शक्तिशाली थे
जिनके पास
सम्बन्धों के नाम पर सिर्फ़ चौखटे थे
और समाज के नाम पर एक अमूर्त्त भीड़
हे मेरे प्रभु
उनसे मुझे कभी
डर न लगा...
यों प्यार करना कितना मुश्किल होता है
अँधेरे रेगिस्तान में

गुलाब
झुलसने के लिए बस छोड़ दिये जाते हैं

मेरे प्यार को नकार कर
उन्होंने तुम्हें भी
बड़ा कहाँ किया?

○

मिलने को बढ़े हुए हाथ
मित्र कहने को
खुले ओंठ
आँखों में तैरते हुए स्वप्नों को
नोच कर फेंक देना
हर मोड़ पर वापस
अन्धी गली की ओर मुड़ना
समझौता अपने आप से
और सबसे
उन सारे स्थापित सत्यों से;
कहीं अनजाने ही
हम एक बिकाऊ सामान न बन जायें।

○

बन्द कमरे में
मेरी सब चीज़ें अपना परिचय खोने लगती हैं
दीवारों के रंग धूमिल
नीले पर्दे फीके
छत पर घूमता पंखा
गतिहीन।
तब मैं निकल पड़ती हूँ—बाहर,
फुटपाथ पर मूँगफली बेचनेवाला
परिचय की मुस्कान देता है
और सामने पानवाले की दुकान पर
घरवाली का हाल पूछना
कहीं अधिक अपना लगता है।
चौराहों पर
भीड़ के साथ रास्ता पार करना
मुझे अकेला नहीं करता।
बहुत से लोग हैं
इस महानगर में, जो मेरी ही तरह
अपने को बाँटते हैं
रेस्तराँ और दुकानों में
सिनेमाघर की लम्बी क़तारों में
या कभी
पार्कों में पड़ी खाली बेंचों पर

ऊबकर
या फिर बन्दरों का नाच देख
लौट जाते हैं—सब मेरी ही तरह
बन्द कमरों के
अपने अकेले निर्वासन में...

○

संख्याओं के बीच भी
कविता उगती है
कविता चुगती है—नागफनी के काँटे
थका हुआ सत्य
ज़िन्दगी के आख़िरी मोड़ पर पहुँच
दम तोड़ने लगता है
तब किसी दोस्त की
कोमल हथेलियाँ याद आती हैं
याद आते हैं—
कुछ पहचाने से चेहरे
कुछ मेरी, तुम्हारी, अपनी बातें
यों तो सारा जीवन आतिशी शीशे-सा लगता है
और सहना पड़ता है
जलते सत्यों का नंगा डंक...

○

तुम्हारे ओंठों पर
तुम्हारे ओंठों पर जल रही है—सिगरेट
मेरा मन
अधजली तीलियों से,
फिर से जला दो
जूते की नोक के नीचे मसल दो
मैं सिर्फ़ 'होना' चाहती हूँ,
शेष न रहने के लिए।

आख़िर हमारा सम्बन्ध क्या था? प्रेम का?
हाँ, शायद हम एक-दूसरे से प्यार करते हों! एक शब्द—एक रिश्ता
टूट गया। कोई बात नहीं। न तुम्हारे—मेरे लिए
न खुले आसमान में उड़ती चिड़िया के लिए।

तुम्हारी आँखों में एक और नया अपरिचय उगता है
और मेरी हथेलियों में
फिर नया सूरजमुखी खिलता है।

○

कभी मेरे पास
शब्द नहीं हुआ करते थे
यों ही कुछ कच्चे सपने और
कुछ ओस की बूँदें चमका करतीं
नहीं, कभी नहीं कह पायी तुमसे—उस सबको
जिन्हें न कोई सन्दर्भ दे पायी
न कोई नाम।

और यों ही, तुम्हारे-मेरे बीच की बात
अपनी शुरुआत में ही, अधूरी रह गयी
रह गया—एक शब्द-हीन कुहासा
और अब जब चारों तरफ़
शब्दों के ढेर हैं
शब्दों के इन्द्रधनुषी रंगों को
उछालना बहुत सहज हो गया है।

लेकिन अब कहने को
कोई बात नहीं है
यों तो ज़िन्दगी आगे निकल आयी है
पर वह अधूरी शुरुआत
वहीं की वहीं है
आज भी, अभी भी।

○

वह प्यार
जो उजाले में पहचानने से डरता है
मुझे उससे घृणा है,
मैं उन तमाम लोगों से भी घृणा करती हूँ
जो प्यार को साँचों में बदल देना चाहते हैं
जो हँसते फूलों
और झूमते पेड़ों को
आँखें तरेर पथरा देते हैं।

मैं शहर के तमाम बच्चों को इकट्ठा कर
एक उत्सव मनाना चाहती हूँ
और कहना चाहती हूँ–
प्यार करने का यही समय है!
कविता लिखने का यही समय है!
जो कुछ भी हम पर लादा गया है
उस सबको नकारकर
खुल-खिल जाने का यही समय है...

○

प्यार की तलाश में
हम मिलते हैं
रेस्तराँ में
सिनेमाघरों में
ड्राइंगरूम या फिर
सीढ़ियों से उतरते हुए
घर से बाहर निकलते हुए।

हम मिलते हैं
पार्क के अँधेरे कोनों में
एक-दूसरे की बाँहों में
वादा करते हैं—साथ निभाने का।
किसी तरह इस शाम या उस शाम
टैक्सियों में घूमते हुए
हम एक-दूसरे की आँखों में,
प्यार के नक्षत्र पढ़ते हैं—
तुम एक लड़की से दूसरी लड़की का
फ़र्क़ ढूँढ़ते हुए
मैं हर घेरनेवाली बाँह में
सुरक्षा खोजती हुई
अपने जिस्मों की खुली टकराहट में
हम केवल दुहराया झूठ बोलते हैं।

○

ये लोग कौन हैं
जिन्होंने निचोड़ ली है हमारी सारी शक्ति
आख़िरी बूँद तक
नशे में बदहवास हमें
अपने जश्नों का
पुर्ज़ा बनाकर छोड़ दिया है
हम भूल गये हैं कि
हमारे पास भी हथियार हैं
सिर्फ़ उन्हें तेज़ करना है,
और यह आख़िरी मौक़ा है
मगर
ये लोग कौन हैं?
कहाँ हैं?

○

बहुत मुश्किल है
हवा में डीज़ल की
मिली-जुली गन्ध
और झूमते हुए पेड़ के नीचे
कूड़े का ढेर,
पेड़ की फुनगी पर बैठी चिड़िया
गीत गाती है
और नीचे भिखारिन भीख माँगती है,
इस शहर में बसन्त भी आकर
मौसमी ख़बर बन जाता है।

○

बस-स्टॉप पर
आज तुमने दिया एक सुर्ख़ गुलाब
तुम लौट गये ऑफ़िस की फ़ाइलों में
मैं आँखों में बन्द गुलाब लिए
बस से घर।
सुनो! आज रास्ता न बोझिल था, न लम्बा
भीड़ की गर्मी, पसीने की बदबू
पास बैठे आदमी का बेहूदा दबाव
कहीं कुछ भी नहीं था
घर लौटे मैंने
गुलाब को दबा लिया
अपनी डायरी में
और खुद बिखर गयी बालकनी में
एक प्रतीक्षिता
गुलाबी शाम बनकर।

○

आख़िर कब तक लटकी रहूँ
सारी-सारी शाम
सूखते कपड़ों-सी—बरामदे में
प्रतीक्षा करूँ तुम्हारे आने की
एक क्षण से
दूसरे क्षण तक।

○

कभी-कभी ही तो हम
ज़ोर से घूमते गोल चक्कर से
अचानक टूटकर
दूर जा पड़ते हैं
और पृथ्वी कहलाते हैं।

या फिर हज़ारों बीज
मुँह ढँके सोये रहते हैं—माटी के तले
कभी-कभी ही तो
कोई अंकुर
शैतान बच्चे-सा
बड़े भोर को
खिलखिलाता हुआ जाग पड़ता है
या रोकर
हमारे होने का परिचय देता है...

○

दीवार पर चढ़ती हुई छिपकली
चिपक गयी, अचानक
चिटके हुए रंगों की पपड़ी पर।
एक बेमालूम-सी हरकत,
नीचे फिसलती हुई
और फिर ऊपर चढ़ती हुई।
पहुँचना कहीं भी नहीं किसी को,
न छिपकली को
न हमें
केवल एक पागल सिलसिला
चिपकने और फिसलने का...

○

मैं प्रतीक्षा कर रही
पेड़ की जड़ों के साथ
निःशब्द अँधेरी पर्तों में
धँसती हुई
पहचान की ज़मीन खोजती हुई
मुझ में क़ैद
हज़ारों बीज...
मैं एक गहरी नींद
सोना चाहती हूँ—रोशनी के घेरे से बाहर
और फिर
सदियों बाद
अनाक्रान्त जागना चाहती हूँ
ऋतुक्रम के अनुसार...।

○

तुम चाहते हो
मैं तुम्हारे गमले का फूल बनूँ
उगूँ तुम्हारी बरौनियों के सूरज को देख।
तुम चाहते हो
मैं बनूँ तुम्हारे ड्राइंग रूम का क़ालीन
पर्दे, सोफ़ा;
या बैड-कवर
फैली रहूँ बिस्तर पर—

मैं तो एक कँटीली झाड़ी
एक जंगली पेड़
हवाओं से बतियाती हुई
भीड़ से अलग
तुम्हारे चौराहों से दूर
खुद एक सर्पिल पगडण्डी बनती हुई।

○

अब बची नहीं
कोई चीज़ दुनिया में
जिसे देख
आँखें फैल जायें
और हम
रेंगती हुई साधना करें
एक ठण्डी समाधि के लिए
कुछ भी नहीं
न हमारे पास
न किसी और के पास
श्रेष्ठ!
हम खुश हैं
टुकड़ा उपलब्धियों
और बैसाखियों के सहारे
पहाड़ियाँ चढ़
यों भी जब कोई मकड़ा
हसीन जाला
बुनते-बुनते
पानी के गिलास में
डुबकी लगा जाता है
तब हम

प्रारब्ध सोचने लगते हैं
कुकुरमुत्ते और हम यों ही
बरसात में
खाद में
पनपते रहे हैं।

○

आसपास के कुछ लोग
और परिचय का दायरा
वही कहानी
संख्या और गति में
बार-बार दोहरायी जाती हुई।
जब कोई कोंपल अंश
भीतर चटखता है
आवाज़ नहीं होती
केवल बाहरी मुस्कान
और पथरा जाती है

यों मैं उन्हीं लोगों के साथ हूँ
हर नये परिचय के लिए
नमस्कार में हाथ उठाती हुई
अपरिचय की मुस्कान को
कोशिश के साथ
परिचित करती हुई।

○

मौसम बहुत उदास है
खिड़की के काँच पर
बारिश की बूँदें
आकाश में फैले
काले बादल
कहीं से एक टुकड़ा धूप
यहीं चुरा लाओ
मुझे तो घर का बहुत काम है
कपड़े सुखाने हैं
मेरे चूल्हे की लकड़ियाँ गीली हैं
बच्चा सर्दी से खाँसता है,
तुम्हारे साथ-साथ
कैसे बनूँ पाखी
या मेघ मल्हार गाऊँ?

○

चिड़िया ने अपनी चोंच गड़ा दी है
बन्द खिड़की के काँच पर,
चिड़िया चोंच मारती है
एक नयी भाषा—कानाफूसी।

मैं मुँह घुमाकर
फ़ाइलों में डूब जाती हूँ
मुझे करने हैं बहुत-से काम।
लेकिन चिड़िया चुप नहीं होती
तेज़ धूप में उसकी आँखें कातर हैं
सूरज आधा रास्ता तय कर चुका है
चिड़िया चुप नहीं होती।

अन्दर वातानुकूल कमरे में,
दोपहर सुस्ता रही है—फ़र्श के पुष्पित क़ालीन पर।
मेरे पास हैं बेशुमार समस्याएँ
काम और केवल काम
चिड़िया मुझ तक पहुँचने की कोशिश में
अब हाँफने लगी है,
मुझे भय है कि...

○

वे लोग । बड़ी दूर तक
भागते चले गये–
उनकी भौंहें तनी थीं
मुट्ठियाँ भिंची थीं
अगल-बगल सब मकानों पर
बारूद के गोले
फेंकते जा रहे थे।
वे लोग भारी क़दमों से
बड़ी दूर तक भागते चले गये
उनके लिए
मेरा धीरे चलना
आहिस्ते बोलना
बर्दाश्त नहीं था।
वे मुझे सड़क के किनारे
फेंक
चले गये।
यहाँ मैं पड़ी हूँ
सड़क के किनारे–चुपचाप
मैंने रोप दी हैं
अपनी जड़ें–हवा, धूप और पानी
उग आया है पेड़ एक
वे लौटेंगे, जरूर लौटेंगे
और सुस्तायेंगे–कुछ क्षण
उनके लिए
मैं अभी भी बेकार नहीं।

○

लम्बी यात्रा के बाद
लौट आयी हूँ, अपने इसी पुराने शहर में।
जहाँ बारिश की बूँदें
रोती हैं, सड़क पर फैले
काली कीचड़ में
और प्यार, लावारिस कुत्ते-सा
बैठा रहता ख़ाली पार्क में
अवसाद में, काला कौवा
ले उड़ता, मछली का टुकड़ा
यहाँ है केवल ठंढी आग
एक टुकड़ा कोयला
माचिस की आख़िरी तीली
और अन्तर के शून्य में गीली हवा
चटख़ रंगों वाला इन्द्रधनुष
क्यों काला है?
पैरों तले रौंदा हुआ गुलाब
सिसककर रोता है
मेरा शहर चुपचाप
ख़त्म होता है।

○

बन्धु सुनो!
एक क्षण के लिए
भूल जाओ कि आकाश में छाने वाला मेघ
बरसेगा
तब सड़क पर होगा
गन्दा पानी, कीचड़
घर लौटने की समस्या।
चलो, किसी पार्क के कोने में बैठकर
मूँगफली खायें
बातें करें
हरे पहाड़ों की
नीली-झील की
सेव के बगीचों की।
चलो, फिर से बातें करें
अन्तहीन समुद्र की फेनिल लहरों की।
तुमने शायद कभी देखा हो
मैंने तो केवल किताबों में पढ़ा है
सिनेमा में देखा है,
जानती हूँ ये बातें अब तुम्हें
एक ऊब से भरती हैं
ये बेकार सपने
जो रात को देखे जाते हैं
और सुबह उन पर
सड़कें चिपका दी जाती हैं।

○

खुले आकाश के
चमकते विस्तार में
मैंने उड़ा दिया है—अपने आपको
रंगीन गुब्बारे-सा
पेड़ हिलते
बूँदें झरतीं—पत्थर की दीवारों पर
मेरे में—
केवल मेरे में
एक मौन क्रमशः स्पन्दित होता
करवट बदलता
आकार ग्रहण करता है।
मन का ख़ालीपन
आज भरता है और
क्रमशः मरता है।

○

पतझड़
आख़िरी पत्ता भी उड़ा–
हवा के साथ।
सब चले गये
अपना-अपना रंग लिये
एक भटकी चिड़िया
गाती रही
शायद मौसम फिर बदले
शायद संगी-साथी
लौट कर आयें।

○

वह आदमी मर गया
कारण?
मौसम...तेज़ गर्मी
या बर्फ़ होती ठण्ड? नहीं
भूख
बेकारी नहीं
तब कैसे मरा वह?
किसने मारा उसको?
बचपन में
स्कूल ने, शिक्षक ने, शास्त्रीय संगीत ने
और अब यह व्यवस्था—
पूँजीवाद, समाजवाद
सबने।
और इससे भी पहले
उसकी मौत का कारण?
उसके पिता
उसकी माँ
एक बीज का दूसरे से मिलना
अंकुर उगना
और फिर
बढ़ते पेड़ का बौना रह जाना।

○

जाड़े की धुआँ होती शाम
सड़क के लैम्प-पोस्ट
मेरे जैसे चुपचाप।
मैं पिंजड़े की मैना से कहती हूँ
अब बोलो कुछ,
मुँह खोलो—शब्द रचो
कोई भी बात करो
अनर्गल बकवास करो।
एक सफ़ेद बिल्ली
बाल्कनी से झाँकती है
मैं घबराकर रेडियो खोलती हूँ
मौसम की
भविष्यवाणी सुनने।

○

मछली लहरों से कहती है
तुमसे मैं प्यार करूँगी
तुम्हारे साथ बहूँगी
एक ही शर्त पर
तुम मुझे सागर दिखाकर लाओ।
जवान लड़के लड़की
पुल से नीचे झाँक रहे हैं
(लड़की आत्महत्या करना चाहती है)
किनारे पर टहलते हुए
मैं थककर
बेंच पर बैठती हूँ
अकेली
यादों और
सपनों से
कटी हुई...

○

तुम मुझसे प्यार करते हो
पर तुम्हें मेरे उस मित्र से...बेहद चिढ़ है
जो लड़की और इम्पोर्टेड गाड़ी में
नहीं समझता फ़र्क़।
और मेरे ड्राइंगरूम में है
ऐसे लोगों के लिए
एक ख़ास जगह...
बात यह है कि
शाम बिताने
कॉफ़ी हाउस का
बिल चुकाने—मुझे उसकी
ज़रूरत है।
तुम्हारे लिए मेरे पास
बहुत थोड़ा वक़्त है
सात बजे घर लौटना है
तकिए पर टिके हुए तुम
रूई के सफ़ेद गोले से
मैं तुम्हें चूमना चाहती हूँ
पड़ोस की खिड़की पर
एक बूढ़ा खाँसता है
मैं सहम कर देखती हूँ
दूसरी ओर।

○

एक पीला फूल खिला था—गमले में
मैंने आकाश की नीली आँखों में
झाँकते हुए पूछा—
'तुम्हें ज़रूरत है इसकी?'
एक उजली हँसी
किरणों के साथ
फैल गयी चारों ओर
मैंने फूल को तोड़कर
जूड़े में खोंस लिया
दूर चौराहे पर
लाल गुलमोहर
हिलता हुआ नज़र आया।

○

कुछ शब्दों को उधार ले
मुझे लिखनी है एक कविता
फिर से छपने देना है बदरंग साड़ी को
तुम्हारी सालगिरह पर पहनूँगी
छिपा लिये हैं मुँहासे
गुलाबी मेकअप से
दीखती हूँ उम्र से, दस साल कम
सार्त्र और गुलशन नन्दा
पढ़ती हूँ एक साथ
चाहती हूँ—तुम्हें बेहद
पर तुम्हारी बढ़ी हुई दाढ़ी से
मुझे चिढ़ है।
तुम्हें चूमते हुए
मेरी बन्द आँखों में
(कोई और रहता है)
मेरे हैं एक नहीं, तीन मन
एक कविता लिखता है
एक प्यार करता है
और एक केवल
अपने लिए जीता है।

○

घर से जाते हुए स्कूल
स्कूल से घर—वह बीस साल की हो गयी।
फिर उसने, एक नौकरी कर ली।
घर से ऑफ़िस
ऑफ़िस से घर
सुबह नौ बजे जाती हुई
शाम छः बजे लौटती हुई
वह चालीस की हो गयी।
वह एक ताड़ के पेड़ की तरह
सीधी तनी हुई
खड़ी रही—
शहर की हवाओं के बीच।
उदास आँखों में
आज शाम
एक बूँद सपना झिलमिलाया था
लैम्प-पोस्ट की रोशनी में
उसने पहली बार आज
बस-स्टॉप पर
पास खड़े यात्री की ओर देखा था
बेबाक़
बेहिचक...

○

बारिश की धार
सड़कों पर फैला कीचड़
फुटपाथों पर छतरियों के पंख फैलाये लोग
कुछ रुके हुए
कुछ चलते हुए
बरामदे में
खोई-सी अकेली खड़ी मैं
गाड़ियों के हॉर्न को
गीतों में पिरोती
शोर की लहरें
अबूझ भाषा को सुलझाती हैं
डीज़ल और बारिश की गन्ध
नालियों से नाक सटाये
एक कुत्ता चुपचाप
इतनी भीड़, इतना शोर
विरक्त आकाश
अब और पानी बहाने लगा
अब और भी डुबाने लगा।

○

मन करता है
तुमको अपनी बाँहों में सहेज लूँ
तुम्हारी हर अतिशयता को सँवार दूँ
तुम्हारी नियति को फैला दूँ—
एक अथाह विश्रान्ति में
और फैले—एक अनन्त प्रसार
जहाँ सब कुछ डूब जाये
बचें केवल हम-तुम
एक-दूसरे को
महसूस करने के लिए।

○

आलू ज़मीन के नीचे क्यों होते हैं?
और गोभी क्यों ज़मीन के ऊपर?
टमाटर इतने लाल कैसे
पालक इतने हरे क्यों?
मौसम बदलने के बाद...
इनका रंग कैसा रहता होगा?
खाना पकाती हुई
वह सोचती है
सारी रसोई की गन्ध
उसकी अपनी गन्ध
फैलती है—हवा में
प्यार रेशों में उलझा हुआ
इस बार छुट्टियों में
वह घर नहीं आया
(सफ़ेद कबूतरों ने उससे दोस्ती कराई थी)
कौवा मुँडेर से बोलता है
वह आयेगा
ढेरों बताशे लेकर।

○

वह पहाड़ से नीचे
लुढ़क रहा था
गति के साथ
और भी गतिवान होता हुआ
लोगों ने उसे
इतना तेज़ भागने से मना किया
उसने सुना नहीं।
उन्होंने कहा—'तराई में ख़तरा है'
उसने कहा—'मैं मरने के लिए तैयार हूँ'
वह लुढ़कता रहा
झाड़ियों को रौंदता हुआ
तराई में उसे
एक लड़की मिली
प्रतीक्षा करती हुई
खाने की मेज़ पर
उसने पूछा—'क्या पका है?'
लड़की ने कहा—'आलू का शोरबा।'

○

माँ-बेटी ख़ुश हैं...
बिल्ली अपने छौने के साथ
एक कमरे से दूसरे कमरे तक घूमती
आँगन का फ़ासला नापती
हर आहट को सुनती है
कान उठाकर
बिल्ली भूखी है
उसे आहार चाहिए
बिल्ली दूध पीती है
कोई दखल नहीं देता
माँ-बेटी बातें करने में मग्न
ढेर सारे बिखरे धागों को समेटते हुए
स्वेटर बुना जा रहा
स्वेटर उधेड़ा जा रहा
ख़त्म हो रहा छुट्टी का दिन।

○

अजन्मे बसन्त की प्रतीक्षा में पेड़
हवा का अनवरत नृत्य
चिड़ियों का शोर-संगीत उभरता हुआ
पेड़ अपनी जड़ों के साथ—
बसन्त का वैभव ग्रहण करने को तत्पर।
क्या आकाश में उड़ती चील
नीचे आयेगी?
क्या अजन्मे भविष्य के लिए
हम भी प्रतीक्षा करेंगे अंजुरी बाँधे?

O

एक शान्त सूर्यास्त की
हवाओं ने दुलराया पत्तों को
पेड़ की प्रतीक्षा--फूल की।
कबूतरों ने तोड़ दी
रेगिस्तानी नीरवता
वातावरण में तनाव
तुम्हारे आने का
बीयर की बोतल से
ज़िन्दगी उफनती झाग-सी
कैसे मान लूँ—तुम नहीं आओगे आज?

○

गुलाबी सुबह को उसने
नल पर धोया
और सूरज को अपनी कोठरी में ला
चूल्हा सुलगाया
रोटियाँ पका—एक ख़ुशनुमा दिन
बन्द कर दिया
पति के टिफ़िन-बक्स में।

○

मिले हुए दर्दों की
एक लम्बी फ़ेहरिस्त न बना
यदि हम स्वीकार लें
अपना-अपना अलगाव
तो क्या अच्छा न होगा?
आपसी सम्बन्ध का टूटना
हमारी लापरवाही थी
ग़लती नहीं...
सुनो, इस अलगाव की जो भी क़ीमत हो
तुम ले लो, मेरा भी हिस्सा
जाओ ख़रीदो बीयर की बोतल
हम साथ पीयेंगे
बीते हुए कल की ख़ुशी में
ज़िन्दगी को स्वीकारो—पूरी तरह
चाहे वह तुम्हारा—ख़ाली कमरा हो
यह पड़ोसी की ग़प्प।

○

एक दर्द जो साँप की तरह
फन उठा
फिर कुंडली मार
वापस पिटारी में, बन्द हो जाता है
और मैं वही घिसी-पिटी कहानी
फिर-फिर दोहराती हूँ।
ये कैसे लोग मेरे चारों ओर
जो ज़रा-सा स्नेह देते ही
वापसी का बही-खाता खोल
बैठ जाते हैं—हिसाब करने
यों मुझे लगता है कि
ऐसे लोगों के साथ रहते हुए
और बदलते मौसम का
रंग पहचानते हुए
मैं पहले से अधिक
हिसाबी हो गयी हूँ।

○

इस अँधेरे शहर में
उन्होंने मुझे
एक टुकड़ा आकाश
उजली धूप
पेड़ पर गाती चिड़िया
सब कुछ दिया
जब मैंने उनसे समझौता किया
अपनी ही लाश पर
पैर रखकर।

○

परिचित उजाले के बाहर
भीड़ के अँधेरे में खोते हुए
सब पहचान भरे चेहरे
मिला मुझे केवल
खिड़की पर टँगा हुआ आकाश
वही मेरा अपना
उड़ान बस इतनी ही ऊँची
जितना वह दीखता रहा
वहाँ गुज़रता हुआ
हर पाखी
मेरे क्षणों का साथी
और ऊँचे न उड़ पाने के
सपनों का साक्षी,
मैं इस बिन्दु पर खड़ी
पहले और, बाद की
स्थिति से अजान
आह, मात्र होने की
होते रहने की
यह मेरी नियति।

❍

एक खुशनुमा दिन
अचानक मिला
बासन्ती महक भरा
सब कुछ बड़ा पहचाना-सा लगा
तुम झुक आये थे
ओंठों पर
गुलाबी फूल का ढेर लिये
आँखों में हज़ार सूरज की
रोशनी लिये
वह उजला नीला दिन
बड़ा अपना लगा
वह जो कि मुझे अचानक मिला
अजाने में
जाना हुआ लगा।

○

माँ, जब भी बैठी तुम्हारे पास
बस वही पुरानी बात
तुलसी के पत्तों ने उगना बन्द कर दिया
तुम संझावाती करना नहीं भूलतीं
माँ, पुराने दिनों को भूल जाओ
तुम्हारी नीली चिड़िया
यदि घर नहीं लौटी
तो ज़ंग लगे पुराने पिंजड़े को
बेच दो कबाड़ी के हाथ
अधूरे सपने को
मत देखो बार-बार,
उन बच्चों की मत करो बात
जो आख़िरी पतंग से कट गये
तुम्हारी ज़िन्दगी से।
यह दीवाल पर चढ़ती छिपकली
अपनी आदत से लाचार है
तुम व्यर्थ शकुन विचारने
बैठ जाती हो।
माँ, याद मत करो
कुछ भी,
बस, मेरे साथ रहो।

○

कॉफ़ी हाउस का कोना
मेज़ पर उजला वृत्त
तश्तरियों की तरह फैला हुआ
हम तुम
कॉफ़ी के प्यालों में
चीनी की तरह घुलते हुए।

○

एक बेचैनी लगातार
चक्कर काटती हुई
चट्टानी ठहरावों के बीच
उदास हवा कसमसाती हुई
और यह लम्बा सन्नाटा
क्षितिज तक फैला हुआ।
नंगे पेड़ों की क़तार–
पूरा जंगल–एकदम लय में
उगता है।
काँपती परछाइयाँ झरनों में
तुम्हें नहीं दीखेंगी
हम-तुम बैठे हैं
घंटों से कोई बात नहीं
जो कहना था, कह चुके
अब लौटना है, साथ लेकर
झरते फूलों का दर्द।

○

नदी बहुत दूर तक
भटकते-भटकते
अचानक भरभरा कर
गिर पड़ी थी—नीचे
निर्झर बन,
एक चीख़ फैल गयी थी—
हवा में दूर-दूर तक।
कोई अकेली चट्टान,
सारी चोट को सहती हुई
तलहटी में—निःसत्व हो रही थी।

○

बन्द मुट्ठी से बालू फिसलते हुए
जितना समय लगा
जितना समय, चिड़िया को
भोर की किरण जगाने में
उतना, बस, उतना भर समय
मुझे लगा, तुम्हें अपने बारे में—
बताने में।
अब यहाँ, कॉफ़ी हाउस के
अन्धे उजाले में
फैला हुआ है
सारा दिन
बहस
अब और
क्या बात करूँ?

○

सब कुछ बीत गया
एक लमहे में
इतना कुछ घट गया।
अब है ख़ाली विस्तार
खिड़की से बाहर
एक टुकड़ा आकाश
कानों से टकराती हुई
एक आवाज़,
जो संगीत से कम
मगर एक शोर से अधिक
लो, मैंने अपने को समर्पित किया
आनेवाली बरसात के नाम।

○

ओ मेरी बाँहों के घेरे में
ठहरे हुए नील पाखी
तुम्हारी आँखों में सिमट आया है
उजले आकाश का विस्तार
मैं केवल तुम्हारी ठहरी हुई डाल पर
क्षणों का विश्राम।

○

प्रतीक्षा कितनी बेमानी है
जी चाहता है, गौरैया का घोंसला तोड़ दूँ
राह चलती बुढ़िया का
मुँह नोच लूँ।
पर मैं सब कुछ बचाकर
डायरी में और एक बेकार
प्रेम की कविता लिखती हूँ।

○

मुझे मिली जो आवाज़
वह मात्र प्रतिध्वनि तुम्हारी
समेटे रहूँगी स्मृतियों के सहारे
उगूँगी आँगन के कोने में
महज़ एक
उजली किरण के सहारे
झेलूँगी समूचा अँधेरा
अकेलेपन की सज़ा
और जब कभी
जंगल का स्पर्श लिये
कोई हवा निःशब्द लौटेगी
मैं ताज़ा हो लूँगी
तुम्हारी प्रतीक्षा में बेकल,
कल के लिए।

○

गयी हुई लहरें
नहीं लौटीं,
न दूर सरहदों पर
घटनेवाले हादसे के बारे में
मिली है कोई ख़बर
सूरज डूबा अभी-अभी
पहाड़ों में उदासी
प्रतीक्षा कभी न ख़त्म होनेवाली
एक अबूझ पीड़ा है
ठण्डे अँधेरे में।

○

चुप रह
बातें न बना
प्यार कर और सो जा
शरीर की भूख समझ
भूख मिटा
और सो जा।
रात बहुत हो चुकी।
क्या हुआ जो नींद नहीं आती है?
हर वक़्त की इस रीं-रीं में
जीने की आदत पड़ जाती है।
क्या हुआ
जो कल सुबह उठेंगे
और घर से बाहर
सड़कों पर
चींटियों की सेना में
जा मिलेंगे,
दाना बटोरने के–
एक उसी क्रम में,
बेमानी घर बनायेंगे
तोड़ेंगे और फिर बनायेंगे।
चल, अब सो जा।
शरीर की भूख मिटा
और सो जा।

○

कैसा अजीब यह अकेलापन
जो लोगों की भीड़ में
हाथ बाँधे खड़ा रहता, एक विनयी मेज़बान-सा।
सिसक उठता
क़हक़हों के बीच,
टपक पड़ता
बासी रजनीगन्धा की तरह
अचानक, बेलौस
किताबों और कॉपियों से
भरी हुई मेज़ पर।
कभी-कभी बज उठता
रोंग नम्बर बन
मुझे अब इस अकेलेपन पर
चिढ़ नहीं
शर्म आती है।

○

प्यार को सीढ़ियों की तरह
पार कर
मैं भीड़ की दुनिया से
बाहर निकल आयी हूँ
बिल्कुल निसंग
और अकेली
मुक्त
सपनों के बन्दीगृह से,
अब खुल गयी है
विस्तृत चौड़ी सड़कें
अँधेरे आकाश में
टाँग गया कोई
अनपहचाने रंगों की झालर
मैं अब वह नहीं
जो कल तक थी
हवा की तरह हल्की
होकर फैल गयी हूँ
भूगोलों
इतिहासों के पार...

○

अब बची नहीं
कोई भी ऐसी चीज़ दुनिया में,
जिसे देख
आँखें विस्फारित हो जायें–
और हम
रिरियाती साधना करें,
एक ठण्ढी बदबूदार समाधि के लिए।
श्रेष्ठ कुछ भी नहीं
न हमारे पास
न किसी और के पास।
अब हम ख़ुश हैं,
जब भी कोई मकड़ा
हसीन जाला
बुनते-बुनते
पानी के गिलास में
डुबकी लगा जाता है,
हम
प्रारब्ध सोचने लगते हैं।
कुकुरमुत्तों के सम्बन्धी हम, यों ही
बरसात में
गोबर की खाद में
सड़े-सीले महान स्तम्भों की दरारों में
पनपते रहेंगे
हर रोज़...

○

पलक झपकते ही
सहसा मुझसे निकलकर
एक लड़की छलाँग लगा जाती
लहरों के बीच,
तैरती चली जाती
दूर आसमानों तक।
लौटती थकी हुई,
घिसटती
रेखा छोड़ती हुई
मछुआरों के पास
सुनहले जाल में
फिर से क़ैद होने...

○

जब राह ने
चलना शुरू किया था
तब थी
एक मीठी उत्तेजना
सिहरन भरी
जंगल में गहरे
भीतर तक जाने की चाह
आज यह केवल ठहर-ठिठक
हर बिन्दु पर
नयी राह से
जुड़ती हुई
और चलने वाले पैरों के
अनवरत दबाव में
थकती हुई।

○

उगते
फैलते
बढ़ते पेड़ से
कटकर बनी
यह कुर्सी
स्थिर खड़ी है।
भूलकर सारे पिछले
तूफ़ानी सन्दर्भों को
चुपचाप
ख़ाली पड़ी है।

○

रेत की सूखी नदी
तड़पती सोन मछली
उदास बर्फ़ीली चोटियाँ
नहीं पिघलतीं
नाहक पेड़ ने
भरोसा किया पत्तों का
सब पंख लगा
उड़ गये हवाओं में
सन्नाटे की गिलहरी
रेंगती
नाम तुम्हारा
लिखा हुआ
पेड़...
जमती
धूल की पर्त
सुरमई छाल पर...

❑❑